詩에서
나를 만났습니다

윤보영시인학교 12인의 합창

詩에서 나를 만났습니다

펴낸날	초판 1쇄 2024년 6월 10일
지은이	강현채 김명이 김현숙 나성진 배도선 선채숙 오우훈 이정란 임희선 장인수 진정호 최현미
펴낸이	서용순
펴낸곳	이지출판
출판등록	1997년 9월 10일
등록번호	제300-2005-156호
주소	03131 서울시 종로구 율곡로6길 36 월드오피스텔 903호
대표전화	02-743-7661 **팩스** 02-743-7621
이메일	easy7661@naver.com
편집지원	이경선
인쇄	ICAN
물류	(주)비앤북스

값 13,000원

ISBN 979-11-5555-220-9 03810

※ 잘못 만들어진 책은 교환해 드립니다.

윤보영시인학교 12인의 합창

詩에서
나를 만났습니다

강현채	김명이
김현숙	나성진
배도선	선채숙
오우훈	이정란
임희선	장인수
진정호	최현미

이지출판

시인들의 일상!

'윤보영시인학교' 감성시 쓰기 교실에서 네 번째 동인시집을 발간한다. 이 시집에는 시인 열두 분의 일상을 그린 감성시가 담겨 있다.

감성시란 사진을 한 컷 찍을 정도의 감동스런 장면을 아름다운 글로 적은 것을 말한다. 그렇다면 이 시집의 시들은 모두 감성시다. 감성시는 시를 읽은 독자가 감동을 해야 한다. 그런 면에서 이번 동인시집은 성공이라 할 수 있다.

우리 주변에는 시를 쓰고 싶어 하는 분들이 많다. 하지만 막상 시를 쓰려고 하면 어렵다고 한다. 그런 분들에게 이 동인시집을 읽어 볼 것을 권한다.

한 편 한 편에 담긴 시인들의 일상이 시를 읽는 독자의 일상이 되어 저절로 미소를 짓게 되고, '아하, 나도 시를 쓸 수 있겠다' 하며 스스로 메모를 하게 될 것이다.

이 동인시집에 작품을 실은 시인들은 모두 가을쯤 개인 시집을 발간할 것으로 기대한다. 그런 면에서 미리 축하를 드리며, 열두 분 모두 우리나라 최고의 감성시인으로 큰 역할을 할 수 있도록 늘 곁에서 함께할 것을 약속드린다.

집필실이 있는 '이야기터 휴'에서
커피시인 윤보영

차례

강현채

김명이

진정호

최현미

강현채

숭실대학교 교육대학원 석사
윤보영시인학교 시창작교실 4기, 5기 수료

액티브퀸모델협회 회장, 한국전통혼례공연단 대표
퀸즈매거진뉴스 대표, 한국모델위원회 위원장, 렉시호텔 CEO

2022년 경기도의회 의장 표창장, 송파구 국회의원 표창장
부천시 국회의원 표창장

출연 : MBN 여고동창생, OBS 인생다큐, 경인방송 시선공감
        TV조선, JTBC 등 방송 다수 출연

이메일 dream9740@naver.com

바람

3월
꽃샘바람에
옷깃을 여민다

꽃샘
바람 소리에
어깨가 움츠러든다

따뜻한
봄바람이
기다려진다

그대 눈빛으로
싱그러운 꽃바람을
가슴에 담을 수 있게
그대 눈빛으로 꽃을 피우는
봄이 되고 싶다.

고드름

어릴 적 등굣길
지붕 끝에 달린
고드름

개구쟁이 남동생이
장독대에 올라가서
막대기로 따던 고드름

고드름을 보다가
어린 시절 추억을 연다

처마 끝 고드름처럼
지금도 추억 속에
동생 사랑이
주렁주렁!

전화

핸드폰에
잘 모르는 번호가 뜬다

누구일까?
저장된 번호가 아니니
통화를 못했다

아는 분이 아니면
부담스러워
'용건은 문자로 남겨 주세요'
문자 메시지를 보냈다

저녁 시간,
엄마와 한 시간 넘게 통화했다
우리 엄마는
열 번이면 열 번 다 좋다
긴 통화라면 더 즐겁다.

바다

바다가 보인다
갈매기 소리도 들린다
엄마 품처럼
눈앞에 펼쳐진 수평선

바다는
파도치며 이야기한다
바다 끝에 엄마가 있다고

그래서일까?
바닷가에 오면
엄마가 그립고
수평선을 바라보면
엄마가 더 그리운 이유가!

희망사항

눈!
코!
입!

거울 속에
내가 보인다

동그란 눈
오똑한 코
커다란 입
역시
나
예쁘다.

스트레칭

가슴을 활짝 펴고
벽에 붙어섰더니
굽은 어깨가 반듯해진다

시선은 정면을
무심히 바라보니
마음이 안정된다

하나, 둘, 셋
음악에 맞춰
몸을 움직인다
마음이 따라간다

그곳에서
나를 만난다

"나는 지금
무지 건강해!"

길

행복을 주는 길을
찾아가고 싶은데
어디로 가야 할까요?

터널 길
길고 캄캄한 길
그렇다면 이 길
언제까지 가야 할까요?

언덕 너머
내리막길 지나고
호수가 나오면
그곳에서 잠시 쉬어 주세요

호숫가에서
나를 만났습니다
지금 행복하다고 생각하고 있는
멋진 나를!

신발장

하얀 구두, 빨강 구두
검정 구두를 담고
반짝이는 신발장

오늘은 어떤 구두를 신을까?
검정 치마를 입었으니
검정 구두를 신어야겠지?

아니아니,
신발이 돋보이게
빨강 구두를 신는 것도 괜찮아!

빨강 구두를 신었다
걸음이 가볍다
신발장이
자기 생각이 맞았다고
기분에 날개를 달았나 봐!

병원

엄마 병원 가시는 날은
약봉지가 한가득이다
처방전도 두 장!

엄마의 지정병원인
중앙보훈병원
국가유공자 가족에게
도움을 주는 병원이다

엄마 병원 가는 날은
엄마와 데이트하는 날

척추 장애로 거동은 불편하시지만
활력이 넘치는 엄마!

병원 갈 때마다
약국에서 약 먼저 받고
함께 짜장면을 먹는다

엄마 병원 가는 날은
함께 갈 수 있다는 것만으로도
행복하고 고마운 날이다.

"엄마! 오래오래 사세요."

다이어트

나의 평생 숙제인 다이어트!

나는 음식을 좋아하고
맛있게 먹는 걸 좋아한다

오늘처럼 비 내리는 날이면
호박전에 막걸리가 생각나
다이어트 숙제를 건너뛴다

어쩌면 좋아?
그래도 괜찮다
내일은 공복으로
숙제를 몰아서 할 거니까!

맛있게 먹는다
이러니 다이어트는
미워할 수 없는 원수!

김명이

(재)국제평생교육개발원 교수, (재)유니버시티 평생교육원 교수 한국
강사교육진흥원 교육위원, 웃음코칭상담 전문강사
노인건강운동 전문강사, 인천시 미추홀구 평생학습관 강사
사회복지기관 정서지원 강사, 생명존중, 위기상담 전문강사

문학사랑신문 문학상 대상, 윤상현 국회의원 표창장
배영준 국회의원 표창장, 좋아졌네 문학상

시집 《마음뜰 정원사》
공저 《문학사랑신문 우수작 3인 시집》

이메일 kml6050@hanmail.net

오늘은

오늘은
좋은 일이 생길 것 같은
예감!

늘 꿈꾸어 오던 일이
잘 풀릴 것 같은 느낌!

그러다
웃었다
그대 생각이
앞서 달려 나와서.

봄은 역시

봄은 역시
스승인가 봐

모진 환경 속에서도
새싹을 데리고
나오는 것을 보면

봄은
마술사인가 봐
어느 자리에 있어도
꽃을 피워 내니까

봄은
사랑인 거야
그대가 웃고
내가 웃고
우리까지 웃게 하니까.

화분 하나

창가에
화분 하나 두었는데
마음에도 꽃이 핀다

내 곁에서
늘 웃고 있는 당신!
내가
화분에 당신을 심었나?

첫눈

첫눈에
반했어요

눈이
예뻐서…

칫!
솔직하게
말해도 되는데.

이왕이면

이왕이면
예쁘게 정리하고

이왕이면
친절하게 말하고

이왕이면
고맙다는 말
들을 수 있게
살았으면 좋겠다

이불 속에서
말없이
몸만 쏙 빠져나오는
당신!

화장

나는
얼굴에 그림 그리는
화가!

긴 세월
똑같은 그림만 그려도
늘 싱글벙글!

그런데, 어쩌나?
오늘은 색다른
그림을 그리고 있는데

"예쁘다!"
그 얘기가 듣고 싶어
미소로
날 닮은 꽃을 그리는데.

아버지

아버지!
세상에서 가장
든든한 이름

버티기 힘든
삶 속에서
늘 내 편으로 응원해 주시는

지구에서
가장 든든한
하나뿐인 이름
아버지!

호박꽃

너를
어머니라
부르고 싶다

이 땅에
흐드러지게 피어 있는
호박꽃!

꽃 진 자리에
열매 맺어
우리 배를 채우고
사랑받던 너!

너는
대한민국의 사랑이다
아니, 어머니가 맞다.

고향

고향을 불러놓고
눈 감으면
앞산을 뛰어다니는
내가 보인다

풀밭에 누워
흘러가는 구름과
숨바꼭질하고

시냇가에서
개구리 수영 배우던
내가 있다

아이들이
동화 속 이야기라고
말하는 것을 보면

고향은
아마도 어린 나를
동화 속 주인공으로
만든 게 분명해.

그건 그거야

이게 그건가?

응,
그건 그거야

두고 온 기억까지
같은 우리 부부!

그 안에
사랑이 담겨 있었던 거야.

김현숙

국립안동대학교 교육학 석사
41년간 초등학교 근무(교장 정년퇴직)
대통령표창, 황조근정훈장 수상

이메일 biosjun@hanmail.net

달

하늘이 전등 하나 켰는데
이리도 눈부시다

마당에서 올려본 하늘
봄비에 말끔히 씻은
보름달이 웃는다

손녀 얼굴이 보인다
참 맑고 예쁘다
내 마음에 떠 있는 달!

손녀 너는
환한 웃음으로
우리 가족을 밝혀 주는
모두의 달!

꽃밭

언젠가
마음에 심은 그대
꽃으로 피었습니다

그리울 때마다
한 송이 두 송이 피다가
꽃밭이 되었습니다

화려하지 않지만
나를 바라보는
사랑스런 꽃!

바로 당신이 그 꽃입니다.

어머니의 된장

우리 집 손꼽는 보물
옥상 된장 단지

오 년 묵은 것
삼 년 된 것
이 년 전 것

색깔도 다르고
모양도 다르지만
향기는 같다

평생 빚은 작품을
선물하고 떠나신
어머니!

옥상에 올라
항아리를 닦는다
어머니 당신
그리움을 닦는다.

시계는

변함없는 목소리로
변함없는 걸음으로
변함없이
나를 바라보는 벽시계

그대와 닮았다

내 안에 걸린
그대 생각처럼
편안한 벽시계.

냉장고

그대 신선한 눈빛
오래 간직하고 싶어요
냉장고에 넣어 둘까요?

때묻지 않은 선한 마음
오염되지 않게
냉장고에 보관하고 싶어요

그대 생각
수십 년이 지나도
변하지 않은 내 마음

아~
그대 향한 내 마음이
바로 냉장고였어요.

저축

그대 향한 마음을
저축하니
그리움이 쌓입니다

보고 싶은 마음에
이자까지 붙어
눈덩이처럼 불어납니다

그 그리움
꺼내지 않고
마음속 통장에
영원히 묻어 둘 것입니다.

포장

자연 그대로일 때
제일 아름다운데
우리는 가끔
더 잘 보이려고
더 보기 좋으라고
포장한다

과대포장(誇大包裝)
의금상경(衣錦尙絅)

이 말처럼
어느 것이 옳은지
아직도 모르겠다

그대 사랑은
보이지 않아도
늘 포장하고 싶었던 내가.

선물 같은 습관

습관을 고치기 어렵다고 하지만
첫사랑 남편
나를 좋아하던 그 습관
지금까지 그대로면 좋겠습니다

고치기 어려워
평생 가져가도 좋을
나를 사랑하는
그 선물 같은 습관!

유리컵

유리컵에
주스를 담으면
마시고 싶은 컵

맥주를 담으면
시원한 컵

생수를 담으면
맑고 개운한 컵

담기는 것에 따라
느낌도 달라지는 컵

내 안에도 그렇다

사랑을 담을 때
고운 마음이 되고

그리움을 담을 때
편안한 마음이 된다

그러니, 내 안에는
미움을 담지 말아야겠다.

편한 구두

반짝거리는 새 구두는
내 모습을 빛내 주지만
오래 신은 구두는
편안한 걸음을 선물한다

오래 신은 구두!
내 옆의
이 사람을 닮았다

사십여 년
함께 지낸 그이 덕분에
행복 속으로 편하게 걷고 있다

편한 구두처럼
아끼며 이해하고
오래 함께 걸어야겠다.

나성진

현재 경영시스템컨설팅(주) 대표
기업재난관리사(인증), 경영지도사, ISO 심사원 외
LG전자(주) 근무(전)

2018년 《문학고을》 신인문학상
《문학고을》 제1, 2, 3 공동시집 발간
2020년 대한시문학협회 우수상
2023년 문학신문시화전 우수작품상

이메일 naseong@daum.net

어머니 생각

늘
눈으로 뵙던
어머니

이제
마음으로
보고 있습니다

언제나
내 편이던
어머니 생각에
깊은 우물을 팝니다

따뜻한 손길
어머니!

꽃은 핀다

가슴에
눈곱만한 그리움 있으면

눈이 오나
비가 오나 꽃은 핀다

살얼음판에
눈물이 비처럼 내려도
어머니 당신이라면
그 꽃은 기어이 핀다

나에게
사랑을 담아 주신 꽃.

엽서

나뭇잎 하나
물 위에 띄우면

물 따라
계곡 따라
바다로 간다

한 움큼의 그리움
가슴에 띄우면
심장 고동 소리 따라
그대 생각으로 간다

보고 싶은 마음
호수가 된다.

낙엽

가을날
쓸면 모이고
쓸면
또
모이는 것

그대 생각.

내 눈에 콩깍지

사람들은
연애할 때
콩깍지가 씌면
모두
사랑스럽다고 한다

나도 그런가 보다
당신 눈웃음
당신 머릿결
당신 미소 머금은 입술
온통 사랑스러우니까.

창문

세상 창문은
조금만 열어도
세상이 다 보이는데

그리움 속에
늘 닫혀 있는 창문

이제나저제나
열리길 기다리며
그리움 속 창문에 기대섭니다

똑똑똑!
보고 싶은 그대여
제가 왔어요
대답 좀 해 주세요.

달력

사랑하는 마음
뜨겁게 불태웠는데
하루 이틀 지나는 시간에
지워지는 느낌입니다

달콤하게 쌓은 기억
꼼꼼히 달력에 다시 새깁니다

달력 속으로
성큼 찾아든 봄!
그대 생각이
새싹처럼 돋아납니다.

여행

혼자 가면 쓸쓸하고
같이 가면 기분 좋은 것이
여행이라지요?

맞아요
평생 삶 속
부부 사이도 여행입니다

혼자 있으면
새벽까지 귀뚜라미만 울고

같이 지내면
지금 나처럼
초저녁부터 깨를 볶는다니까요.

솟대처럼

옆 짝꿍
마주 보고 싶어
하늘로 날아올랐다가
내려와 앉은 솟대처럼

나도
내 짝꿍 얼굴
마주 보고 싶어
그리움 속으로 들어왔다

솟대가 데려왔나
그리움 따라왔나
웃는 그대를 만난다.

솟대의 꿈

솟대
너는
날개를 펴고 싶지

나는
꿈을 펴고 싶어

솟대는
사랑을 바라고
나는 행복을 원하고.

배도선

2018년 《문장21》로 등단
가톨릭문인협회, 문학중심작가회, 새부산문인협회
해파랑동요회 회원
문학사랑신문 문학상 대상
여울시화대전 대상
문학사랑신문 올해 최우수작가상

공저 《문학사랑신문 문학상 우수작 3인 시집》
　　　《그리움이 머무는 곳》

이메일 dosun0502@naver.com

수선화

시골 동생 집 앞뜰에
수선화가 피었어요

활짝 웃는 얼굴로
날 반기는데
하마터면 동생 이름
부를 뻔했어요

쉿!
비밀인데
제 동생
수선화보다 훨씬 예뻐요.

브라스 밴드

사랑이다
사랑이다
큰 사랑이다

故 이태석 사제
상처받은 이들에게
믿음과 인술과 음악으로
사람을 구했다

음악으로
생명까지 구하는
큰 사랑을 베풀었다

그 사랑만큼
세상이 밝아졌다.

빗방울

뚝뚝
굵은 빗방울
문을 두드립니다

"혹시 그대가?"
귀 기울여 들어봅니다

늘 기다리는 나에게
곧 달려가겠다고
바람과 빗방울로
알려 주는 당신!

그래요,
만날 수만 있다면
장마라도 불러놓고
기다릴 수 있어요.

송정 밤바다

바다를 보고 온 지
얼마 되지 않았는데
그대가 보고 싶어
다시 밤바다를 찾았습니다
그대는 늘 그 자리!

바다가 보고 싶을 때마다
수시로 찾아가
파도에 그리움을 씻고 옵니다

씻어 낼수록
더 보고 싶어지는 바다

그대 생각 담고 있는
바다가 좋습니다.

해바라기

해바라기처럼
환하게 웃는 모습
봐도
봐도
보고 싶은 그대

내 안에
그대 웃는 얼굴로
해바라기 꽃밭을
만들어야겠어요.

이슬

새벽
잎새에 내린
이슬

눈부시다
영롱하다

혹시
내 가슴 적시는
당신?

눈꽃

애타게
그대 기다리던 봄

그대 대신
눈이 내렸습니다

눈 대신
그대가 온다면
맨발로 달려나가
맞을 텐데

한겨울 눈이라도
그대 미소처럼
반가울 텐데.

간절곶

모처럼 찾은 간절곶
온통 바람으로 가득하다
바람 부는 바다

잿빛 구름이 바다를 밀어도
그리운 것은 그리운 거다

그리우면
그립다고 말을 하라며
파도가 친다

어머니, 어머니!
부르다가 부르다가
목놓아 운다

그 목소리 알아듣고
높은 파도가 대답한다.

난

아기 배밀이 하듯
조금씩 조금씩
꽃대를 밀어 올리더니
꿀과 향기 주머니 달고
꽃이 쑥 올라왔다

세상에서 가장 좋은 느낌
아름다운 향기!

그대 생각할 때
내 안에 느꼈던
그 향기!

허수아비

커다란 말뚝 위
따사로운 햇살 속에
허수아비가 서 있다

밤낮을 바꾸어 가며
가을을 기다리는 마음
참새들이 찾아와
조잘대며 시간을 지운다

쫓고 싶어도
나오지 않는 목소리에
애만 태우다
허허!
웃고 만다

가을이
성큼 다가선다.

선채숙

사회복지사
직업상담사
임상심리사
인생설계지도사
시낭송가

동인지 《무심에서 감성으로》

이메일 scs5028@naver.com

아버지

헤어질 준비가
아직 안 되었는데

지난겨울
하늘이 푸르고
유난히 따뜻한 날
당신의 그 마음처럼
우리 곁을 떠나신 아버지!

법 없이도 사실 양반
부지런하시고 참한 명봉 양반!
온 마을이 칭송하고
명복을 빌어드렸지요

하얀 폭설 속에
크림웨하스 한 박스
메고 오셨던 아버지

오물오물 먹는
어린 자식들 바라보며
봄날 같은 미소 지으시던
훌륭한 우리 아버지

그곳에서는 허리 펴시고
웃으며 살아가는
우리를 바라보며
편히 쉬소서.

바닷가 모래사장에서

맨발로 모래사장을 걷다가
서로 등을 기대고 눈을 감는다
수평선 끝에서 불어온 서풍에
선선해진 마음!

맨발 걷기로 담아 둔
따뜻한 온기로 마음을 데운다

백사장 은모래와
햇살에 반짝이는 바닷물처럼
맨발 걷기로
따뜻한 기운까지 담은 우리
담긴 만큼 더 건강해진 하루!

어싱* 1

풀숲 사이로
참새와 흰나비를 보고

뻐꾹뻐꾹
뻐꾹새 소리 들으며
어싱을 한다

맨발로
황톳길, 마사토 길
숲길 따라 번갈아 걷고

자연과 내 몸이 하나 된
그곳에서 나온 소리를 듣는

아, 비움과 채움
걷기 명상
행복한 이 순간!

* 어싱(earthing) : 맨발로 자연의 표면, 흙이나 잔디 등을 직접
  밟는 것을 의미함.

어싱 2

살기 위해 신발을 벗고
맨발로 걸었다

숲길은 생각보다
따뜻하고 부드럽다

산비둘기도
까치도
맨발로 총총총

강아지도 맨발
고양이도 맨발
맨발은
지구와 더 가까워지는 시간

맨발로 걷는 나를 보고
잘했다며 토닥토닥!

어싱 3

나무뿌리들이
흙 위로 올라와 있다

뿌리 위에
맨발의 오른발 아치를
가만히 올려놓는다

잔뿌리를 통해
나무에게
건강한 마음이 전달된다

나무가 말한다
"너도 나처럼
나무였구나, 싱싱한 나무!"

어싱 4

해 질 녘
키 큰 나무 위 새둥지를
바라보는 여유!
도서관 뒤 오솔길을
맨발로 걷고 있다

새싹을 내밀고 올라오는
들꽃 향기 맡으며
새싹이 되었다가 들꽃이 된다

봄밤에 누리는
소확행!
주인공이 된다.

어싱 5

청명한
코발트블루 빛 하늘 아래
오래된 기와집과 적산가옥

하얗게 얼어 버린
개울과 논밭이 보이는
시골길을 걷다가

오색 비빔밥을
신선한 깻잎에 쌈 싸 먹고
대나무 숲에 새들처럼
재잘대던 하루!

서로에게
어여쁜 꽃이 되었다
꽃보다 더 꽃처럼 웃는
나도 만났다.

김치

푸른 산 넘어
보내 주신 김장김치

속이 꽉 찬
달달한 배추를
정성과 사랑으로 버무린
일 년치 비상식량

안으로
안으로 익어가는
깊은 맛

아삭한 향기와
깊은 사랑 앞에
겨울이 허리를 굽힌다.

번팅

매미들이 강을 건너기 전
일제히 합창을 하던 날
오랜만에 번팅으로 모였다

금상추에
배 타고 대양을 건너온
대패삼겹살을 쌈 싸서 먹었다

적도를 넘어온
커피를 나눠 마시며
사막의 오아시스와
다녀온 가문비나무 숲
이야기로 꽃을 피웠다

이곳에서
여름 무더위를 지우고
건강한 나를 만났다.

메타세쿼이아 숲

장태산 메타세쿼이아 숲에서
곧게 뻗은 천년의 침묵을
두 팔로 안았다

둘레길을 걷듯
스카이웨이를 여유롭게 걸으며
산 중턱까지 오르고

데시벨 높은
당나귀 울음소리를 듣다가
출렁다리 위에서 아찔!

맨발로 올라간
전망대 팔각정에서
쪽빛 호수를 바라본다

나는 호수를 보고
호수는 나를 보고
환호하며 가는 인생 여행길.

오우훈

양재천 연애시인
치매공공후견인
요양보호사, 사회복지사
대한치매협회 전문위원
산타방송국(유튜브)

이메일 owhoon@daum.net

속도위반?

골목길에서도
당신 생각뿐이니
과속한 거예요

그리움만큼
범칙금 통지서는 쌓이겠지만

어쩔 수 없어요
내 마음은 늘
당신 향해 과속하니까!

편의점

모퉁이 돌아 큰길가
발걸음 가벼운 편의점
담아야 할 물건 위로
그대 모습 펼쳐진다

처음처럼~
설렘 소주~
내 사랑 유자C~
더 진한 커피~

그대 생각에
계산이 안 된다!

콩깍지 씌면

콩깍지 씌면
뵈는 게 없다지요

꿈결에 뛰어든
넓은 바닷속은
당신 생각뿐인데

깊은 줄 모르고
안겼으니
콩깍지 씐 게
맞는가 봅니다!

설렘 주의보

마음 깊이
강한 바람 일어
그리움 시작되면
주의가 필요합니다

설렘으로
불쑥 고백하면
어떻게 감당할지
단단히 주의하셔야겠습니다
어쩔 수 없습니다!

사랑 선거

좋아하는 마음을 투표하면
내가 이길 거야

뜬눈으로 밤새운
개표 결과는 하트

그건 너에 대한 고백
이건 나에 대한 승리

사랑하니까~~

그리움

내 안에
지울 수 없는 그리움

좋아한다고
사랑한다고
고백해 버릴까?

오늘도
커피 한잔 마시며
연습만 한다

빈 잔에 남은 건
내 마음!

봄바람

봄은
꽃을 기다리고
꽃은
바람을 기다리고

봄이면 바람나는
기다려지는 꽃바람.

사랑할 결심

눈을 보면 빠져들고

입술을 보면 숨이 멎으니

응급출동 신고해 놓고

그녀에게 고백합니다.

작은 꽃을 위한 시

꽃이 핀다고 해
들여다보는데
내 마음에
들어와 버린 그대

아
다시 봐도
그대가 꽃
내 그리움에 핀
아름다운 꽃.

꽃멍

네잎클로버 찾다가
꽃반지 만들어
약지에 끼었더니
피어나는 그녀의 온기!

뭘 보고 있었지?

이정란

가정복지학(학사) 전공
문학사랑신문 운영부회장
생명존중 전문강사, 국민강사협회 전임강사
서울미래로예술협회 회원, 한국꽃차 소믈리에 1급

문학사랑신문학상 대상
국회의원 표창장

공저 《문학사랑신문 우수작 3인 시집》 외 다수

이메일 jrl9675@naver.com

아버지와 홍시

차가운 바람이 불고
하얀 눈이
소복이 쌓인 날

밤늦게
책장을 넘기는 딸 앞에

살포시
홍시 하나 내밀며
사라진 아버지

오늘따라
아버지 그리워
장독대 홍시 하나
꺼내어 본다.

영산홍 어머니

영산홍꽃 좋아하시던 당신

꽃잎 속에
당신 얼굴 드러워지고
구성진 영산홍 노래 속에
당신 목소리 묻어나며

영산홍꽃 피는 봄이 오면
온통 그리운 당신 생각

꽃보다 아름다운 어머니여!

담벼락 그림

담벼락에 그려진
그 시절 그 풍경

한참을 바라본다
할머니 화롯불 앞에
내가 앉아 있다

잘 구운 밤과 고구마
호호 불며
먹여 주시던 할머니!

당신 그리울 때
내 안에 담긴
그 담벼락으로 간다
할머니를 만난다.

입춘

마음마저 얼어붙은
유난히도 추운 날

시간 될 때
차 한잔 하자며
날아온 문자 한 통!

눈 녹듯 사르르
마음이 먼저 풀리고

창밖에
햇살 머금은 입춘이
따뜻한 봄을
데리고 온다

혹시 당신
입춘 아니죠?

이슬

밤새 내린 이슬에
촉촉이 젖은 나뭇잎

내 마음 닮아 울적했는데
아침 햇살에
나뭇잎이 반짝인다

이제
가슴에 그대 생각 담고
사랑하면 되겠다.

꽃씨

텃밭에 핀
한 송이 꽃
어디서 왔을까?
누가 보내서 왔을까?

가슴을 연다
내 안에서
웃는 당신!

어쩌면 당신이
그리울 때 보라며
꽃씨를 보냈을 수 있어

꽃씨가 피운
꽃에는
그대 웃는 모습이 담기겠지.

지독한 사랑

논둑길 따라
쑥과 냉이를 캐던
그 시절!

고향이 그리울 때면
고슬고슬
고두밥 지어 향기를 맡는다

밥 냄새는
내 안에서
고향을 불러내고

그리움 속
보고 싶은 마음은
그대 웃는 모습을 불러낸다

둘 다 나에게
지독한 사랑이다.

삼한사온

봄인 줄 알고
얇은 옷을 입었더니
아직은 겨울이라며
바람까지 부는 날씨가
두꺼운 옷을 입으라 하고

기분 좋은 하루라고
생각했더니
오늘은 우울하다고
커피 한잔 마셔 달라 하네

변덕스러운 갱년기
내 사랑을 닮지
왜 하필
삼한사온을 닮았는지.

오랜 기다림

오롯이 혼자서
꿋꿋하게
자라나는 오동나무

동쪽 하늘 높이
위엄 있게 자란다

오랜 기다림은
재목(材木)이 되어
또 다른 탄생으로 이어진다

내 안에 머무는 그대가
늘 행복으로
재탄생되는 것처럼.

자신감

지금 건강 유지에
감사함을 느끼는 곳

모든 걸
내려놓고
겸허함을 배우는 곳

가끔은
마지막인 것처럼
온 힘을 다하게 만드는 곳

내 안에
그곳이 있다

그대가 있어
두렵지 않은.

임희선

《서정문학》 시부문 신인상
《문학고을》 수필부문 신인상
경기신문문학상 수필부문 수상
《서정문학》 동시부문 신인상
《서정문학》 문학대상 수상

서정문학 운영위원
한국문인협회 이천시지부 회원

시집 《너는 담쟁이처럼》
공저 《다솔문학 초록물결》 1~10집 외 다수

이메일 chamacasia@nate.com

오래전, 그때

책갈피 속
우연히 발견한
너의 모습

넌 여전히
그곳에서 웃으며
나와 함께 있는데

지금 난
혼자서 너를 본다

먼 기억 속
너를 만나
난 잠시
그곳에 머물러
너와 웃는다.

알고 싶어요

꽃잎인 듯 보이나
한 송이 꽃

한 송이처럼 보여도
다시 보면
한 다발

푸른색인 듯 보라색
붉은 듯 푸른빛
알 수 없는
오묘한 꽃

볼수록 알고 싶은
당신도 나에겐 늘
알 수 없는 수국꽃.

참 이상해요

당신은 아마도
나의 자석인가 봐요

자꾸만 당신에게
내 마음이
딸려가는 걸 보니

나 또한 당신 자석
당신도 나를 향해
시도 때도 없이
딸려오는 걸 보면.

하늘 편지

당신께 편지를 쓰려는데
종이 한 장에
마음을 다 담을 수 없어요

당신 이름, 내 이름 적고
다음 이야기는
하늘 가득 펼쳐 둡니다.

장미꽃처럼

사랑하는 마음
들킬까 봐

한 잎 두 잎 감싸
꼭꼭 감추어도

그 향기는
감추지 못해
들켜 버리는 장미

당신 앞에선
왜 자꾸 웃게 되어
들켜 버리는지
숨겨 둔 사랑

내 사랑은 장미처럼
그 향기 숨기지 못하고
늘 그대에게 들켜 버립니다.

기다리는 마음

어두운 골목길에
언제나 변함없이
그 자리에 있는 가로등

그대 나에게 오는 길
혹시 보이지 않을까
밝혀 둔 내 마음입니다

오직 그대 위한
평생 꺼지지 않는 빛 되어
그대 곁에 머물고 싶습니다.

얄미운 너

매일
일어날 시간
밥 먹을 시간
일 마칠 시간
알려 주는 고마운 일 하더니

오늘은
당신 만나는 날!
오늘따라
시계는 늦장을 부린다

그대 만나는
내가 부러운지
아주 천천히 가는
얄미운 시계.

집 앞 편의점

요즘 편의점엔
없는 게 없다지요
필요한 물건 다 있다지요

요즘엔 빵도 구워 팔고
치킨도 튀겨 판다지요

혼밥 하는 사람들
식사도 해결해 주는
그곳

그럼 내게 지금 필요한
보고 싶은 당신도
그곳에 계실까요?

신의 선물

무엇이든
당신에게 선물할 때
세상은 밝게 빛납니다

나의 선물을 받고
미소 짓는 당신을 보면
알 수 있습니다
당신은
신이 준 최고의 선물

다시 생각해 봐도
당신은 선물이 맞습니다.

북소리

내 가슴엔 아마도
큰 북이 있는 거 같아요

당신만 보면
그 북이 마구 울려요

오늘 당신 앞에 서니
또 북이 울리네요
이 소리 들리세요

이 소리 저만 들리나요?

장인수

건국대학교 경영학과 졸업

한국외환은행(현 KEB하나은행) 바레인지점 대리

한국외환은행 남영동지점 그림미술마당 기획(용산구청장 표창)

한국외환은행 봉천동지점 부지점장

관악구청 국제교류·통상 전문직

관악구 시설관리공단 생활체육팀 근무

윤보영시인학교 감성시 쓰기 교실(온라인 1∼2기)

외환은행 동우회 소식지에 시 발표(2024년 2월호)

이메일 idamus@naver.com

장미를 닮은 그대

공원 산책길
유난히 탐스런 흰 장미꽃

꽃잎을 만져보니
그대의 얼굴 닮았다

장미는 오월의 여왕
꽃을 꺾어 그대에게
보내 주고 싶지만

눈을 감고
하얀 장미꽃
마음속에 담았다

그대가 보고 싶을 때
언제나 꺼내어 볼 수 있게.

윤서

윤서가 태어나고
백 일째 되던 날
우리는 함께 웃었다

앙증맞은 윤서의 발을 보고
고모는 '발망치'
애칭을 붙였다

완두콩처럼 작고
동그란 발가락
부드러운 발바닥

고모는
윤서 발망치 생각만 해도
행복하단다

배냇 이름 '태양'처럼
밝고 건강하게 자라
세상을 행복한 터전으로 만드는
인물이 되기를 기도한다.

소풍

음식, 돗자리, 선글라스
아무 준비 없이
아내와 근교로 나왔습니다

일상의 단조로움 지워 주는
시원한 강바람과 추억 한 컷
순두부에 꽃밭 무드로 둘러싸인 카페
토마토 한 상자!

행복을 담아
집으로 돌아오는 당신 모습에
내 기분은
날개가 달립니다
맑은 하늘이 됩니다.

어미 오리

햇볕에 깃털을 말리며
평화로이 쉬던 오리 가족

앞장서서 걷다가
다섯 마리 어린 새끼들을
돌아보는 어미 오리

어머님 생각에 젖는다
눈물이 핑 돈다

엄마 품에 안겨
단잠 자던 기억

아~
엄마!

별을 담은 나팔꽃

밤새워 나팔꽃이
노란색 꽃을 피웠습니다
꽃 속에
별을 따다 담아 놓았습니다

별처럼
순수했던 첫사랑
아직 잊지 못합니다

그리운 그대여!
이슬 맺힌 내 볼을
어서 와 쓰다듬어 주오

기다리는데,
이렇게 간절히
기다리고 있는데.

생존경쟁

아침에 유치원 차가 온다
제 몸통만 한 가방을 메고
네 살 아이가 기다린다

생존경쟁에 내몰리는 것이 안쓰럽다
아이는 엄마를 쳐다보고
두 손을 빌며 우는데
엄마는 그치라고 다그친다

좀 더 안아 주고
달래 줄 수는 없는 걸까?
아쉬운 마음이 차를 가로막고 있다.

갈색 구두

검정 구두에서
갈색 구두로 바꾼 건
퇴직 후 몇 년 안 된다

패션은 발끝에서 완성된다니
요즘은 자존감도 높아지는 듯
외출할 때는 한껏 기분이 업된다

기분 좋은 갈색 구두여
나를 자주 행복한 장소로
이끌어 다오.

첫사랑

우산 속 뜨거운 포옹
살며시 잡은 손

꿈 같은 시간을 보낸 첫사랑과
결혼한 사람은 행복하겠죠?

그래요,
닭죽을 끓여 직장으로 배달해 주는
내 사랑에게 행복을 느껴요

찐 사랑
당신, 고마워요!

이름

날아다니는 천마
신의 축복 아래
영원히 빛날 이름
페가수스*

안드로메다**
은하계를 떠돌아 드디어,
꿈속에서 그대를 만났네요

이제 우리
더 많이 사랑하며 살아요
약속
또 약속!

　* 페가수스 : 그리스 신화, 날개가 돋친 멋진 말. 제우스의
　　번개마차를 끌다가 나중에 별자리가 되었음.

** 안드로메다 : 몇천억 개의 별들이 모여 이루어진 은하수.

백운호수에서

커피를 마신다
커피잔에
개구리 소리가 담기고
불빛이 담기고
바쁜 일상이 담긴다

담고 보니
바레인 힐튼호텔이 다가온다
그곳에서
지금의 나를 향해 걷고 있는
나를 만난다.

진정호

전국꽃배달유통 대성플라워 대표
시낭송전문가(직업능력개발원)
현재 금천구상공회 부회장
민주평통 금천구협의회 자문위원 역임
국제라이온스협회 354-D지구 지대위원장 역임

이메일 10j10@daum.net

존경하는 아버님

당신은 고생만 하시다가
일찍 뒷동산으로 소풍을 가셨지만

그 시절 사회 분위기에서는
생각지도 못했던 일들
부가가치를 창출한
혜안이 있는 분이셨습니다

농업. 상업. 공업. 어업. 축산업을
조화롭게 경영하신
만능 재주꾼이셨습니다

농사 중에 자식 농사가
으뜸이라시며
찢어지게 가난했지만
객지에서 공부할 수 있게
뒷바라지해 주신
선각자이셨습니다

덕택입니다
존경합니다
아버님!

어머니 사랑

열아홉에 시집와서
마흔일곱 되던 해 남편을 보내고

인적 뜸한 신작로에서
오가는 손님에게 막걸리를 팔고
논밭일도 하면서 젊음을 보낸
고독하고 서러움 많은 우리 엄마

평생을 독하게 살았던 것은
자식 잘되길 바라는 마음이지만
융통성 없는 고집으로
챙겨 주고 또 챙겨 줘도
탓 듣는 우리 어머니!

이것은 정환, 정호 잘 먹는데
저것은 정덕, 정란 잘 먹는데

힘없어 죽겠다 하면서도
자식 위해 챙길 때는
팔순 중반 나이에서
순식간에 젊은 청춘!

우리 엄마 그 마음을
누가 이해할 수 있을까만,
그래도 감사합니다.

새해 달력

새로운 세상이
낯설어서인지
쫙 펴지 못하고
구부려져 있는 달력

사람도
처음 시작하는 건 모두
낯설고 조심스러워
몸을 움츠린다

한 해 동안
동고동락해야 할 달력

사랑하는 이에게
좋은 이미지 저축하는 마음으로

좋은 생각, 좋은 추억을
차곡차곡 채우고 싶다.

꽃의 일상

아침에 가게 문을 열며
잘 잤는지 아침 인사 나누면

어제 팔려 나가지 못한 화초들이
오늘을 기대하며
함빡 웃습니다

꽃들이 잠시 쉬어 가는 곳
새로운 주인 찾아 옮겨 가야만
맵시와 향기를 더욱 뽐낼 수 있다는 걸
알고 있습니다

잘 가라며 물도 주고 손질해 주면
어김없이 미소와 향기로 답하며
한바탕 노닐다가

새 주인과 가게 문을 나설 때
다소곳이 꽃잎 추스르고
수줍어하며 떠납니다.

꽃씨

꽃 속의 꽃씨는
셀 수 있어도
꽃씨 속의 꽃잎은
셀 수 없어요

당신의 얼굴 표정은
꽃씨 세듯 셀 수 있지만

당신 마음은
꽃씨 속 수많은 잎처럼
무한 사랑인 줄 알아요.

함께해요

뿌리에서 물을
펌프질 해야
꼭대기 잎으로 갈까요?

꼭대기 잎에서
물을 끌어당겨야
뿌리에 공급될까요?

알 수는 없지만
펌프질도 하고
끌어당기기도 하여
변함없는 관심과 사랑을
함께하고 싶습니다.

거울

언제나 변하지 않고
같이 웃으며 동행해 준
고마운 거울

혹여 흐트러진 모습 보이면
다정히 비춰 고쳐 주곤 했지
때로는 스승처럼
때로는 연인처럼

언제나 변함없는 마음으로
투영하는 너에게서
바르게 살라는 교훈을 배운다.

입춘을 기다리며

겨울을 보낸
봄날 문턱에서
입춘이 기다린다

당신과 함께 있을 때는
당신의 소중함을 몰랐듯
봄과 함께할 때는
봄의 따스함을 몰랐는데

기나긴 겨울을 지내다 보니
찻잔의 온기처럼
봄이 기다려진다
봄 같은
당신이 기다려진다.

냉커피

뜨거운 커피잔에
얼음을 넣어더니
순식간에 녹아 스며든다

뜨거운 나의 가슴에
당신 모습을 넣었더니
얼음 녹듯 스며든다

당신 어디 갔지 찾았더니
벌써 내 가슴속에
자리잡고 있었다.

꽃을 보며

오~ 예쁘다
아~ 예쁘다
꽃을 보면서
절로 나오는 감탄사

사실은
당신을 보며 느꼈던
내 마음속 언어들이
숙성되어 나온 말이야

오~~ 예쁘다.

최현미

교육학 박사
유아교육과 교수
동시작가
어린이집 원장
2023년 몽골 유아교육 발전에 힘쓴 공로로 표창장 받음

저서 《푸드야, 놀이를 부탁해》
공저 《문학사랑신문 우수상 3인 시집》
박사논문 〈영유아 교사 인성에 관한 연구 동향 및 관련 요인의
       효과성 분석〉

이메일 chohm79@hanmail.net

백합꽃

뽀롱뽀롱
새 구두
엄마 손 잡고
어린이집 가요

빨리 가고 싶은데
친구한테 보여 줘야지

하얀 꽃
분홍 꽃이
쳐다봐요

어~
코가 먼저 마중 나가네

아~
예쁜 백합꽃이구나

고마워
안녕해 줘서.

꽃씨

꽃 피는 3월
향기로 온 너

반짝이는 두 눈에
맺힌 눈물
잔뜩 서린 호기심!

떨어지기 싫은 엄마 품
내가 기다릴게
천천히 다가오렴

아름다운
꽃을 피울 때까지
기다렸다
꽃을 피웠다

드디어
내가 엄마가 되었다.

비타민

아이 우는 소리에
반사적으로
몸이 현관 앞에 멈춘다

울 진우

헤어지는 게 못내 아쉬워
아빠~ 아빠~
서럽게 운다

"진우야~ 원장님 방에 갈까?"

언제 울었냐는 듯
먼저 앞선다

손에 꼭 쥔 비타민 한 알
부러운 게 없다

손에 꼭 쥔 채
하나둘 하며
계단을 오른다

진우야~
내일은 선생님하고 달려오자
비타민 준비해 놓을게~

알았지?
사랑해!

개미

친구 손 잡고
놀이터에 갔어요

"어! 개미다, 개미!"

까맣고 작은 개미
꼼지락거리는 게
동생 발가락 같아요

가만히 들여다보니
엄마 개미와
아빠 개미도 있어요

어딜 가지?
아~ 나처럼
어린이집 가는구나

개미야,
친구들과 싸우지 말고
재밌게 놀다 와.

신발

현관에서
쭈뼛거리는 아이
'왜 저러지?'
머리부터 발끝까지 본다

아, 새 신발을
자랑하고 싶었는데
부끄러웠나 보네

"어머, 못 보던 운동화네!
누가 사줬어?"
말 끝나기가 무섭게
"엄마가 축구 잘하라고!"
뽐내며 들어온다

나도 신발 사 줄
엄마가 있으면 좋겠다
아니,
신발 사 드릴
엄마를 만났으면 더 좋겠다.

자전거

딸아이 손 잡고
여의도에 갔었다

세발자전거를 졸업한 지
한참 지나, 페달에 올린 두 발
기우뚱거리는 몸

아빠를 찾는다
단단하게 받쳐주며
아이에게 속삭인다
"너 할 수 있어!"

어느새 그 아이
내 품 떠날 준비를 하고 있다
자전거를 타고
행복으로 달릴 준비가 되었다.

엘사 공주

어제는 삐삐
오늘은 엘사

"무슨 옷 입을 거야?"
"엘사 드레스 입을래."

"안돼, 오늘 비가 와서
딸기가 있는 반바지 입어."

엄마 말에
눈물이 또르륵

준서한테 보여 주고 싶은데
공주 같다는 말 듣고 싶은데

"엄마 미워, 내 마음도 모르고.
어린이집 안 갈 거야."

사랑해요

아이들이 보고 싶어
교실 문을 열었다

아이들이
"원장님, 사랑해요!"
"사랑해요!"
"사랑해요!"
사랑한다는 목소리가
교실에 가득했다

아이들이
들고 온 과일을 앞에 두고
걱정이 되었다

이 많은 걸 언제 다 먹지?
이 걱정보다
아이들 사랑에
먼저 배가 불러
다 못 먹으면 어떻게 하지?

허수아비

하루종일 서 있는
허수아비야
너 지금 심심하지?
내가 친구 되어 줄까?

다리 아프지?
내가 의자 되어 줄까?

배고프지?
찐빵 사다 줄까?

이것저것 권해도
말이 없는 허수아비!

그럼 혹시
너 날 좋아하니?
이 말에
허수아비가 웃었다
나도 따라 웃었다.

상어가 되어

초록 풀 사이로
입 벌리며 다가오는 상어

"얘들아, 빨리 도망쳐!
무서운 상어가 나타났어!"

"선생님, 상어가 하품하는 거예요!
보세요, 친구 찾아다니며
이리저리 헤엄치는 문어
커다란 바위틈 사이로
고개 내미는 산호초
모두 상어를 따라다니잖아요."

"그랬구나,
친구 하자고 따라다니는 거였구나!
상어도 친구가 그리웠나 봐."

나에게 아이들은 친구!
눈이 시도록 소중한 친구
아이들과 놀았다

아이들이 날 따라다니고
내가 아이들 따라다니고
상어가 되어
놀았다.

공저시집을 펴내며

▶▶ 처음에는 윤보영 시인학교 시창작반 수업에서 시쓰기를 잘 배워 시를 써 봐야지 생각했는데, 첫날 감성시를 이해하고 고정관념이 바뀌었습니다. 첨삭 수업에서 내면의 이미지가 시로 탄생하는 기쁨을 경험하며, 일상의 생각을 메모하고 추억을 떠올리면서 마음의 소리를 감성시로 써 보았습니다. 가족이야기와 나의 활동 모습이 시로 표현되니 마냥 신기하고 재미있었습니다. 이 동인시집은 나의 인생 선물입니다. 행복하고 감사합니다. _강현채

▶▶ 시를 쓰면서 알게 되었습니다. 세상이 너무나 아름답다는 것을. 예전에 보지 못했던 것들이 보이고, 꽉 막혔던 시야가 확 트이는 것을 느낍니다. 그리고 우리가 사는 세상이 신에게 받은 선물처럼 다가옵니다. 눈물이 날 것처럼 힘들었던 날들이 감사가 되고, 그날이 있었기에 행복한 오늘이 있는 것을. 개인시집을 출간하고 삶을 두 번 살고 있는 것 같습니다. 이런 기쁨을 여러분과 함께할 수 있어 감사할 뿐입니다. _김명이

▶▶ 시는 시인들만 쓰는 줄 알았고, 아직 내놓기 부끄러운데 동인시집에 슬그머니 들어섰습니다. 지나치는 일상을 마음의 눈으로 보고 쓰는 감성시! 세상이 밝고 사랑스럽게 보이니 늘 그렇게 바라보렵니다. 감성시의 세상으로 이끌어 주신 윤보영 시인님께 감사드립니다. _김현숙

▶▶ 바다를 보고 바람을 생각합니다. 바람은 마음을 동요 속으로 감성을 끌어내고 그 감성을 시로 쓰는 작업이 어려웠지만, 윤보영 시인님의 시쓰기 공식 10가지와 강의를 들으며 거듭되는 연습과 지도는 감성시로 가는 안내의 지름길이 되었습니다. 감사합니다. _나성진

▶▶ 운율에 맞추기와 일반시를 써왔는데 윤보영 선생님과 공부하면서 짧게도 자기의 생각을 다 넣을 수 있고, 앞부분에는 사실을 묘사하고 뒷부분에 내 생각을 접목시켜 감성을 넣어주면 감성시가 된다는 것을 배웠습니다. 바쁜 시간 속에 이 감성시가 짧으면서도 사람들 마음을 툭 치는 감성시로 맛을 내는 그런 시를 써 보고 싶습니다. 감사합니다. _배도선

▶▶ 바쁜 일상 속에서 잠시 비움과 채움이 되는 시간. 일상의 메모가 시가 되어 가는 과정을 알려 주시고 감성시집을 낼 수 있도록 길을 열어 주셔서 감사합니다. 자연의 신비에 감동하고 더 아름다운 시로 표현하기를 소망합니다. _선채숙

▶▶ 양재천 둘레길에 꽃이 피면 시인의 고백이 시작될 텐데… 아직까지 첫사랑을 찾아 연애시를 쓰고 있으니 양재천에서 만나면 스쳐가 주세요~ 어쩔 수 없어요. _오우훈

▶▶ 시를 만나 내 안에 있는 슬픔과 억누른 감정을 그대로 표출하다가 감성시를 만나게 되면서 기분 좋은 감성으로 표출하게 되었습니다. 모든 일상이 기분 좋은 표현이 되고 생활이 바뀌게 되었습니다. 기분 좋은 만남, 기분 좋은 일상, 하루하루를 행복하게 열어가고 있습니다. 감성시를 지도해 주신 윤보영 교수님, 고맙고 감사합니다. _이정란

▶▶ 시가 좋아서 읽다가 몇 줄씩 늘어놓은 느낌이 시가 되어 세상에 태어났네요. 나의 글이 누군가에게 위안이 되고 공감이 되는 것이 꿈이 되었습니다. 좋은 분들과 고운 글을 모아 동인시집이 발간되어 기쁩니다. _임희선

▶▶ 살아오면서 삶 속에 문득문득 떠오르는 지난 세월을 빈 공간에 써 내려가는 시간들… 한 자 한 자 적어보니 이것이 시가 되었습니다. 그때 우연히 아니, 필연인지 윤보영 시인님의 정성 어린 지도로 내 평생 이런 기회를 얻어 기쁘고 제2의 나의 삶에 보람을 느낍니다. _장인수

▶▶ 꽃집 사장이 좋은 詩를 여러 사람 앞에서 낭송하는 기회가 많았습니다. 그럴 때마다 시인이라는 호칭을 들었지만 늘 마음속에는 내가 지은 시가 없어서 부담감도 느끼곤 했습니다. 그런데 윤보영 시인님의 지도와 응원으로 용기 내어 제 마음을 시로 표현해 보았습니다. 아직은 어설프지만 시를 향해 첫발을 내디딜 수 있도록 도와주신 모든 분께 감사드립니다. _진정호

▶▶ 30여 년 아이들과 함께한 시간! 생활 속에서 느낀 감동을 윤보영 시인님의 감성시 교실을 통해 활자로 나오게 됨에 감사와 기쁨이 넘쳐 나옵니다.

아이는 순수한 결정체이며 삶의 원천입니다.

아이들의 웃음소리와 미소만 봐도 밝은 햇살이 가슴속 벅차오르는 아이들이 꿈꾸는 세상

우리 모두 함께 만들어 가길 소망하며 앞으로 다양한 감성시로 찾아 뵙겠습니다.

새로운 도전을 할 수 있도록 도움 주신 선생님들께 감사 인사 드립니다. _최현미

詩에서
나를 만났습니다